謝謝你，
也剛好喜歡我

全世界我只要你的喜歡

肆一

在漫漫時光裡，
願我們都沒有辜負自己

世界上共有六十幾億的人口，兩人能相遇的機率只有0.00487，幾乎是個奇蹟。

「相遇」本身就是奇蹟，不一定是戀愛關係，而是包含了所有的遇見。就因為能夠這樣想，於是可以由衷地謝謝那些出現在自己生命裡頭的每一個人。一個人與另一個人的相遇，或許並不是偶然，而是一種註定。

當中有些人會經過，有些人會停留，他們都是在時間長河裡陪伴自己某段時光的人，這跟後來有沒有繼續下去並無關聯。雖然有時你也會感嘆，與某些人的緣分太短暫，沒有足夠的時間能去好好擁抱相處。可或許是，有些人來自己生命的意義，就只是為了陪自己一小段路而已，所有的來不及，可能不過都是不多不少的剛好。

在這樣漫長相遇離散的過程中，少數可以確定的是，他們一定交付了自己一些什麼。有時候不明顯、也不張揚，但都讓自己得以往下走。不僅僅是那些好的相遇，也包含了那些傷人的部分，是他們教自己學會珍惜。並不是謝謝他們傷了自己，而是謝謝那個受了傷仍努力好起來的自己。這些不分好壞的情節，到了最後都讓我們變成今天的樣子，像是河流匯成汪洋。

每個人的出現都是剛好，沒有過早或太晚，是他們讓我們成為了自己。

這是這本書想要講的事。這本書是我的第十二號作品，當初出版第三本書《可不可以，你也剛好喜歡我？》是個意外，而這本書也是。《可不可以，你也剛好喜歡我？》一書對當時的我來說，是一個嘗試，或者可以說是休息，想要用短文搭配自己繪製的插畫方式完成一本書。沒有想到卻出乎預期獲得了許多人

的喜愛，甚至還收到一些讀者朋友來信，紛紛告訴我：「我跟現在的另一半是因為這本書而在一起。」意外也成了一本告白之書。

就因為如此，跟著也萌生了出版《謝謝你，也剛好喜歡我》這本書的念頭。想要出版一本「喜歡」之後的書，那些之後，我想包含最多的是感謝：謝謝相遇、謝謝出現在生命裡的每個人，更重要的是，謝謝始終不放棄的那個自己。近六年後的現在，這個念頭終於實踐。也要不厭其煩地說，謝謝一直支持我的你們，希望你們都更感受到我的感激之情，期許這本書能夠給你們一點溫暖。

當所有的相遇都成了記憶的一部分，終於能夠去肯定它們的意義。那些受過的傷、摔過的跤、因為太用力而碎裂的，都是成長道路上的中繼站，或許疼了一

點、痛了一些，但最後都能幫助我們往下一站前進，讓我們能成為更喜歡自己的人。

我們終於學會將傷心過得無傷大雅。
謝謝漫漫時光洗禮，今日閃閃發亮。

日子不會總是好，以前是，以後也會是。那些遭遇過的挫折不是用來告訴自己「之後都會很好」，而是用來讓你足以能夠確定：「日後不管再如何壞的時刻，都會有過去的一天，而它們並不能阻止你讓自己過得幸福。」

最後還想要說的是，無論如何希望我們有日回首，都能慶幸沒有辜負現在的自己。

目 錄
● ● ●
contents

自己才是自己的光。

你刻意走得遠了一點，
但其實並不是為了想要離開他，
而是為了找回自己。

Chapter 1 ● ● ●

謝謝
那麼努力的自己

名為「青春」的愛情

生理上的青春期，約莫是指國中至高中，結束於大學；而愛情裡的青春期，則是在被第一個人傷透之後終結。

第一場戀愛時你還很年輕，憑本能地去愛人，用腦海裡的情節去實踐愛，以為自己知道很多，但事實上一點都不懂。原來這其實就是所謂「懵懵懂懂的愛」，不是不明不白，而是以為自己很明白，然後再跟所有的青春一樣被傷了心。一個月體重掉了五公斤，以為心會從此死去、再也好不了了，但卻很快就痊癒，至少比之後的都還要快。

所以，當後來長大了一點，出現另外一個人讓你心碎卻哭不出來時，你才懂了原來還有眼淚是好事。淚水其實可以灌溉心臟，讓它豐潤，而一旦到了哭不出來的時候，正表示心是真的逐漸死去。當時你也才懂了，年紀輕時，以為自己已經歷最痛的愛情，足夠長

大了，但其實當時自己最傷的並不是心，更多的是天
真。

天真其實是一層防護衣，當天真都消失殆盡之後，心
就會赤裸裸，傷也才是血淋淋。

這是因為當自己務實地去愛人仍被傷害後，會開始無
所依據，之前的你可以怪罪天真，但現在已經再沒有
退路了。這已經是你不再懵懂地愛了，若再失去，你
就再也無法自處了。只是，每被一個人傷一次心，就
像脫去一次的殼，人會越來越堅強。也唯有這樣，才
得以能夠如願地長大，褪去青澀，你終於不再是青春
的代名詞了。

你長大了，開始學會談大人的戀愛，學會了思量，沒
想過要害人，但繞著彎去愛人。你也以為這樣就是真
正成熟的戀愛，然而不知怎麼地，其實你沒有比較快

樂，愛情也沒有比較好，你的繞彎有天竟然變成了迷途，不僅看不見愛情，就連自己也都要看不見了。你以為只要長得夠大了，就可以看得更清楚，但人生其實原來不是這麼一回事。

也就是這樣你才驚覺了，或許所謂「青春的愛情」，並不是指幼稚或是莽撞地去愛人，而是愛裡面那一份簡單的心情，那種想要為對方付出，在給予之前不會先想到傷心的心意，「青春」是在心裡頭那個單純的小孩。人會長大，這是一種別無選擇，要一直維持同一種樣子與同一種心態，本來就是很困難的事情。而我們常提到的初衷，可能也不是自始至終百分之百不變，而是包含了某部分的修正。一種汰換的過程，最重要才能夠得以篩選留存下來。

三十歲時再無法用十八歲的眼光去談戀愛，可是本質卻可以保留。不是年紀增長了就非得學會算計，你懂

得保護自己了，而其中要保護的，其實更是那份對於
愛的簡單。

最後你更明白了，愛情不會因為自己的簡單而變得容
易，也不會因此而保證不會遇到壞的人，只是不簡單
也不會。而走過幾遭、被傷過之後，反而更讓你益加
確定了自己想要的是那樣的愛，所以才更努力從自己
去做起。也或者是，根本沒有所謂青春的愛與長大的
愛的差別，只有想要怎樣的愛而已。

因為想要簡單的愛，所以才那樣去愛人，那不只是你
對自己的期許，其實更是對愛的期許。你也相信，若
用那樣的自己去戀愛，有朝一日就會遇到同樣看重簡
單的人。人會蒼老，但愛情可以保有青春，而在此之
前，你要繼續用那樣的心去愛。

Dear，

你說，愛總是叫人傷心。

但是，
愛不會讓人痛苦的，
即使傷心在所難免，
但都能感受到某種程度的幸福。

會讓人傷心的不是「愛」，
而是，「愛已經不在了」。

你不能把已經消逝的錯怪在未來，
因為，這樣你的未來還沒來，
你就已經把傷心先找來。

從此，住下的都會是傷心，
而不是愛情。

祝好。

我的世界從此雨天

其實我不害怕你離開了、走遠了，
我怕的是，自己從此要在原地打轉了，
像地縛靈，而你始終都是我的信仰。

我怕就要一直傷心下去了。

Dear，

你說，
你受了重傷，不知道多久才能走出來。

屋子裡滿滿都是與他的回憶，
一踏進家門，就招惹了你的眼淚。

我說，我知道。
但，卻無法告訴你需要多久時間，
需要幾天、幾個月、幾年，你才能痊癒。

我們都清楚，
安慰的話，無法陪你熬過今晚，
而明天，更是叫人不敢期盼。

現實最殘忍的地方，
不是在於它的無情，
而是在於它讓你無法否認，
就跟愛情一樣。

你無法去跟現實計較，
只能接受它的殘酷，
然後在殘酷裡活得更好，
和平共處。

如此一來，
雖然所有的現實都還在，
但你的笑容也會在。

祝　好。

Dear，

我們都一直很努力，
常常不確定事情會不會成、感覺無助，
也會懷疑走的方向是否抵達不了終點，
想要放棄自己。

然而，或許所謂的「終點」，
指的並不是目的地，而是沿途的經歷；
收穫也不是指結果，
而是那些推翻又建構起來的。

咬著牙不是為了對得起誰，
只是不想對不起自己。

就像是，
不放棄也是一種前進的方式一樣。

祝 好。

自己才是自己的光

你刻意走得遠了一點，
但其實並不是為了想要離開他，
而是為了找回自己。

Dear，

他們不懂，
你是花了多少的努力才走到今天；
他們不懂，
你是多麼堅持不放棄才成為今天的樣子。

他們不懂，
因為看別人總是容易，
嘴巴也是長在他們的臉上，
所以話也是由他們說。

你無法一一去說服每個人，
他們管不住自己的嘴，
但是你卻可以做好自己。

不要浪費時間去跟他們計較，
要把時間拿來讓自己變得更好。

等到時間久一點，
再回頭看的時候，
就會發現自己走遠到聽不見他們的吵鬧了。

祝 好。

Dear，

有時候，連要相信自己，
都是一件很難的事吧。

當深信的被摧毀、當善意被回以否定，
又當走著的道路上無人願意同行時，
它們都打擊了你，連帶讓你懷疑起自己。

可是，並不能這樣想，
其實它們都是來幫助你堅定信仰。
因為所謂的「相信」，
指的不是一開始就相信的事，
而是在傾倒崩塌後，才又重新相信的事。

就像是良善，
繞了一圈之後，見過了許多毀壞惡意之後、
也不斷地質疑猜測又丟棄之後，
才終於得以再次拾起，然後從此堅信著。

挫折能夠幫助我們修正，然後變得更好。

相信自己不容易，
但如果可以在迷惘中把自己給找回來，
就再也不會弄丟。

祝 好。

Dear，

視若無睹，
是人們對於自己不想要的東西的基本反應。
這與付出了多少，並沒有關聯。

他看不見你的努力，
並不是你做得不夠多，
而是，你不是他要的。

再多，對他來說都是無用，
不要的東西給得充足，都不會被收藏。

所以，請不要再去拚命要誰的認同，
學會收手、停止，
把那些力氣拿來照顧自己。

他的視若無睹，
不是一種要你再奮力的示意，
而是一種休止的提醒。

他的視若無睹，
雖然讓你越來越在意他，
但只是告訴了你，他有多不在意你。

祝好。

Dear，

沒有一個人
必須無條件去忍受另一個人的無理取鬧，
會接受是因為包容。

可是，人心不是鋼鐵，心是會累的，
受不了了、不值得了，就會不要了。

試著設好停損點，
設好了，時間到了，就不要捨不得了。

做什麼事都要加油，
但所謂的加油，並不是不放棄，
而是適當的時候就該選擇放手。

不要輕易去浪費別人的好，
但同時也要學著不讓自己被浪費。

祝 好。

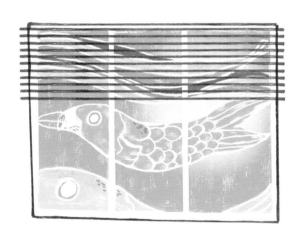

外面的世界正在招喚著你

當你還沉浸在悲傷的回憶中時，
他已經往前走了。

留在原地不算是一種等候，
你也該去看看其他風景了。

Dear，

你說，
他怎麼如此對你？
如此不把你放在心上？

我說，
他沒有不在乎你，
他只是，不愛你罷了。

在乎包含在愛裡，
愛要先確立，在意才會成立。

祝 好。

Dear，

不要恨他了。

因為恨也是一種記憶的方式，
不要再用這種方式記得他。
試著把心裡的位置清出來，
好再擺進去另一個人。

不想再恨他了，
恨他，並不會讓他感到愧疚，
只是讓自己不斷被往事拉扯。

祝 好。

Dear，

他，要離開了，
但最讓人傷心的，不是他不再愛你，
而是，他還把決定權讓給你。

他還要你決定自己的傷心。
他不只不要你的情，也不顧你的心。

他用過去傷了你的心，沒關係，
但請記得，從今而後，
你再也不要為他多傷一點心才是。

祝 好。

Dear，

「在通往夢想的路上常常是孤單的吧。」
是不是常常會這麼覺得？
覺得自己是一個人。其實我也一樣。

有時候也會覺得，
堅持沒有意義、咬緊牙關沒有未來，
現在走著的道路似乎也看不到終點。
然後，不斷地懷疑著自己。

可是呢，
夢想就是在這樣的過程中所建構出來的，
崩塌再重建、瓦解再重組，才得以成為堅定。

還是要往下走，看看明天是什麼在等著我們，
看看最黑暗的深處開不開得出花朵。

祝 好。

Dear，

你跟他，連快樂都屈指可數，
但你卻還冀望著能夠跟他一起幸福，
連快樂都感受不到，卻想追求幸福。
終於，你開始覺得荒謬。

快樂包含在幸福裡頭，
沒有快樂，離幸福只會更遠。

祝好。

不要讓身上長滿了刺

不能因為害怕受傷而不敢去付出，
因為這樣太孤單了啊。

付出的傷會癒合，
但永久孤單的傷卻好不了。

Dear，

堅強，是一種體貼。

忍著痛不說苦，別人以為你很快樂；
咬著牙不掉淚，別人以為你無憂無慮；
搖著頭說沒事，別人以為你真的釋懷；
但他們並不知道，
你常常都是一個人撐過來。

你不是堅強，
只是希望愛你的人不要為你擔心，
你期許自己做個體貼的人，
因為你希望，別人也能夠這樣待你。

你也不是要假裝快樂，
而是自己希望可以帶給別人快樂。

你更相信，
自己怎麼看待世界，世界就會如何回報自己。
所以，你不是堅強，你只是比較體貼。

祝 好。

Dear，

關於他的離開，
最讓你感到難過的，
並不是他不愛你了，
也不是你們多年的感情。

而是，你們花了那麼多時間，
才把對方變成是自己生活的一部分；
而現在又要花時間去練習，
讓對方不再是自己生活的一部分。

祝好。

只有你可以對自己好

決定離開他那天，
外面的天空放晴，但你的心裡卻很潮濕。

只是，
再傷心也只能到這裡了，之後是你自己的路了。

你想要為自己好了。

Dear，

「如果你無法不在意他人的評價、
無法不害怕別人討厭，
也不想付出可能得不到認同的代價，
就無法貫徹自己的生活方式；
也就是，得不到自由。」
—— 阿德勒

我們常常會因為想要討更多人喜歡，
所以刻意隱藏自己，
或是讓渡了一些什麼當作交換，
可是到最後往往發現，
自己所丟棄的並不是不好的自我，
而是一些專屬於自己的珍貴的部分。

更甚至是，
所拋棄的那些也沒有讓你得到更多的喜愛，
只有換來更多的妥協。

學習認同自己，
並且去肯定自我的價值很重要，
你不一定要跟所有人一樣，
你只要是你自己就好。

祝 好。

Dear，

快樂並不是表示你有著完美的人生，
而是你選擇了不去糾結那些不美好。

討厭你的人，
可以找到任何理由來討厭你，
哪怕是一句話、一個眼神，或是你微笑的樣子；
反之，喜歡你的人，
則會發掘你不為人知的小優點，
你的不完美都會是種可愛。

不要花力氣跟惡意爭論，
你要收拾好自己的良善，
因為這是你跟他最大的不同。

更因為你的時間寶貴，
還有更值得你去做的事，
與其花力氣去討厭一個人，
不如把精力投注在自己喜歡的事物上頭，
管不了別人的嘴，
但你可以管好自己的心。

別人可以討厭你，
但你不能夠討厭自己；
不要想著全世界的喜歡，
但你要第一個先喜歡自己。

祝 好。

Dear，

請不要去等待一個人心裡的誰消失。

不是因為你無法努力、不能付出，
而是，他心裡的那個誰，是鬼。

你摸不著也看不見，他在暗、你在明，
你找不到對手，更沒有所謂的勝利。
能夠讓他消失的只有他自己。
而不是你。

不要去跟一個鬼比賽愛情，
除非你也變成鬼，
否則贏家永遠都不會是你。

祝 好。

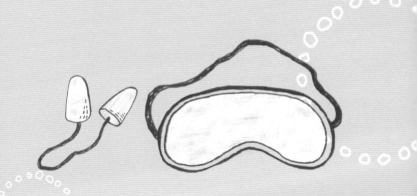

醒來了，天就亮了

人最可怕的不是被騙，
而是自己第一個騙自己。

不想清醒的人，沒人能喚醒。

Dear，

或許，就是經歷過了，知道了愛情的難，
所以，你才更要自己不放棄。

兩個人在一起需要多巨大的緣分，
甚至有時候你會覺得相遇就是近乎奇蹟的發生，
因此你才冒著受傷的風險，去試了又試。

但其實你很害怕，
其實你一直都在提醒自己要勇敢，
不要這樣就棄權，
因為，唯有退出了，才是真的沒有了。

所以，即使只有百分之一的機會，
你都想去冒一次險，就因為愛情的難。

你那麼膽小，
但期許自己不要輕易就放棄，
你不知道這樣對不對，

也常常這樣問自己，
其實我也一樣。

我不知道要試了幾次後放棄，
才算對得起自己；
也不知道要流多少淚後放手，
才算是對得起愛情。

但我只希望，
如果覺得累了，就歇一會兒，
愛情很難，但請你不要為難自己。

祝 好。

Dear，

朋友的苦水，你會幫忙分攤；
朋友的心事，你會願意解憂；
朋友有難，你也樂意幫忙。

總是在意別人的感受，
希望別人開心，你對所有人好，
但就是忘了要對自己好。

你是否常常安慰別人，
但卻發現沒人給自己安慰？

你要對別人和藹，
但也別忘了對自己好，
在傷心的時候、難過的時候，
也要學會安慰自己。

祝 好。

我是我、你是你，我們不是「我們」

不重要的人，
也就不要再花時間去證明他的不重要了。

多說無益的關係，不如學會沉默。

Dear，

你是不是常常會質疑自己？
尤其在夢想老是遭受到打擊、
努力總是未果時，
不敢張揚，只能在夜裡不斷詢問自己。

常常，挫敗與失望都是必經，
幫助我們理解自己與世界，這樣是好的。
可是呢，
有時候它們也是一種善意的提醒，
告訴你是否該停一停了，
不要只顧著去衝撞。

抵達目的地的方式很多，
不要執著於一種方式，
不要被挫敗拖著，不要被失望消耗掉。

路不是走到盡頭了，而是該轉彎了。

有時候，放棄並不是妥協，
也不是一種跟現實的平衡，
而是另一種實踐夢想的途徑。

祝 好。

Dear，

當說著「算了吧！」的時候，
其實裡面包含的並不是對一個人的失望，
而是期待與希望。

只是當說出這句話的同時，
卻只剩下了更多的失望。

「算了吧！」從來都不是真的算了，
而是希望對方在意自己。

可是，有把你放在心上的人，
會在乎你的任何小感受；
而不在乎你的，
喊叫得再大聲也會裝作沒聽到。

「算了吧！」裡頭包含了多少對自己的心疼。

祝 好。

你是我的自問自答

「你好嗎？」
「你好嗎？」
「你好嗎？」

Dear，

有一些人，
會在你往前的時候說：
「很難，根本做不到。」

請不要聽他們的話。

因為，
當他們說著「很難」的時候，
指的是自己做不到。

別人失敗的事情，
不表示自己就不會成功。

但這並不是說自己比誰優秀或厲害，
而是你知道，
說著「很難」不會讓事情變得容易。

再難的事情，不去試著做，只會更難；
再難的事，若不去做，機率就只會是零。

不要讓別人的話來決定你的道路，
不要讓失敗也是別人的樣子，
即便最後還是不成功，
你仍要擁有像自己的失敗。

屬於自己的驕傲的失敗。

祝 好。

Dear，

關於他的過去，其實你有很多疑問。

他常用的香水、他慣去的商店，
以及，他偶爾的若有所思。

但你決意不去過問。

因為你太知道，
現在的他都是由那些過去所總結而成，
如果不要了那些部分，就等於是背棄了他。

你也清楚知道，
一個人無法真的在另一個人的心上抹去什麼，
但你卻可以在上面種上屬於自己的花。

你已經過了年少無知的年紀，
知道「記憶」與「懷念」的差別。

祝好。

再深愛，也有終止的一天

你決定離開他了，不是因為不愛了，
而是因為你不想要繼續傷心下去了。

Dear，

我們常常藉由別人的不幸來獲得滿足，
尤其是那些曾經傷害自己的人。

這當然是一個壞念頭，
但如果它可以幫助你平復心情，就可能是好的。

可是，
你不能夠去祈禱別人不幸，
不只是因為這樣已經不是壞念頭，而是壞心眼，

更因為，
你要把所有力氣拿來努力讓自己能夠幸福。

祝 好。

Dear，

原諒，也是需要力氣的。

尤其在已經受了傷之後，
你只能先想自己。

你只能把剩餘的力氣拿來照顧自己，
照顧自己，是你現在最重要的事。

你再沒有多餘的可以去照顧他的心情，
你要照顧自己、讓自己好，
因為，他再也不能讓你好了。

你要練習去喜歡一個人的自己，
而不是那個有他在身邊的自己。

　祝 好。

以為過不去的都能過去、
以為好不了的都能痊癒。
只要能往前走，
答案一定在某個地方等著。

Chapter 2 ● ● ●

相遇的奇蹟

有時先說分開不是無情，
而是祝福

有戀人前，最不容易的是遇到一個可以相處的對象；戀愛了之後，最難的是在裡頭拿捏好分寸，保留自己也擁有愛；而傷痕累累時，最學不會的是如何放手。

年輕還沒有開始談戀愛時，總以為只要愛了就會好了。愛情最難得的巧合，你們已經完成，你們遇到了對方、決定在一起了，問題都迎刃而解了，以後都是幸福美滿的日子。可是直到跟一個誰在一起之後，才發現愛只是一切的開端，不只是通向美好，同時也駛往拉扯。從一個人變成了兩個人，單數成了雙數，「二」這個字就像是有一種魔法，加倍的不只是幸福感，隨之而來的也包含著挫折感，在它的面前一切都複雜了起來。只要是談過戀愛的人都經歷過。

他怎麼會不懂我？他怎麼會不知道我在想什麼？這是愛情裡你產生的第一個疑問，面對這樣的疑惑你很驚訝。你開始想你們的愛怎麼了？後來則變成是對人的

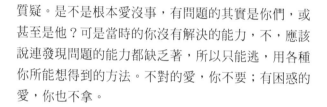

更多的時候，
不傷害一個人的方法
並不是指留下，
而是離開。

質疑。是不是根本愛沒事，有問題的其實是你們，或甚至是他？可是當時的你沒有解決的能力，不，應該說連發現問題的能力都缺乏著，所以只能逃，用各種你所能想得到的方法。不對的愛，你不要；有困惑的愛，你也不拿。

因為愛是你的救命仙丹，你一飲而下，卻沒想到換來滿身紅疹。當時你以為是遇到不對的人，所以過敏，後來才懂原來是對自己幻想出來的愛中了毒。是自己把愛想得過於美好，因而沉溺、因而無法自拔。

但也是走過了幾遭，你才驚覺原來自己一直都在冀望用愛來幫助你解決問題。你的不安、你的慌張，你一個人無法處理的，都覺得遇到了愛就可以被消弭。「愛是所有的答案」，你曾聽過這樣一句話，從此奉為圭臬，但卻沒有思考過，雖然愛或許是答案，然而解題的方法卻是因人而異。所以再後來，你開始學會

了待下，不急著說不要，在拒絕之前先拚命。

你一度也以為這就是解題的方法，給了全部的自己，不放棄、咬著牙，愛就會好了。因為自始至終愛都是你的第一位，不管是之前的竄逃或是現在的拉扯，目的都是為了讓愛可以久一點，不要急著道別。可是你仍舊遲疑了，你還是覺得不對勁，總是覺得精疲力竭，但同時覺得自己是不是做得還不夠？若現在不要了，是不是又成了一次的逃兵？在夜裡你不斷詢問自己。

有些愛是因為自己放棄得太早，然而也有一些愛，則是離開得太晚。這是你最後才終於體悟到的事。

兩個人一起時常都是苦樂參半，再加上一點時間，就會叫人分不清好與壞，只剩下難以言喻。而這也是愛情裡的最難割捨。有時候離不開一個人，不是因為不甘心，也不是因為捨不得，而是對與錯在相處裡模糊，叫人加倍艱難去與一個付出過感情的人劃清界線。這裡頭包含著更多的連自己都無法理解的部分，

但你唯一確定的是，你並不希望傷害對方。

不傷害對方，成了你最強大的依據，所以你留下，所以你想辦法解決。只是你沒料到的是，你解題的方法最後竟然變成了是種消耗，越是努力就越是感到受傷。只是、只是，愛情始終最要顧慮的都是愛，而不是傷害，我們無法保證對方可不可以愛自己，但至少要能做到對自己誠實。

愛仍可以是解答，卻不能給予保證。而兩個人在一起，也不只跟愛有關，其中更有著合不合適。盡了全力之後就放過彼此吧，放過一個人配合另一個人勉強的虛度，放過一個人奮力另一個人空轉的消耗，這是愛的進階學習，它告訴你愛很重要，但也要你不要別開眼睛去忽略問題。放手不一定都是壞事，一個人拖著另一個人的愛並無法擁有幸福。

而在更多的時候，不傷害一個人的方法並不是指留下，而是離開。有時候先說分開不是無情，而是勇敢，也是一種對彼此最大的祝福。

Dear，

他這麼對你說：「你，這樣是何苦呢？」

他不知道的是，其實你也問過自己這個問題，
而且問自己比他的次數還要多。

尤其在每次的已讀未回訊息之後，
尤其在每次的冷淡回應之後，
你問過自己不下千次：
「如此勉強別人、也勉強自己，何苦？」

你早就想過要放棄，
你沒那麼差、你還是有人喜歡，
但是，你卻只想要他的喜歡。

後來，你又想，勉強自己不去愛他，
又是何苦呢？

祝好。

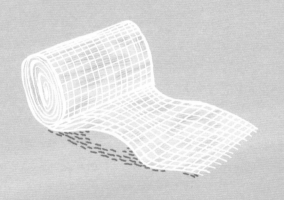

不要一直朝著他的方向眺望了

我的後知後覺，
不是因為自己沒有發現你的猶疑，
而是太晚確定自己其實已經受了傷。

痛了就放手，
離開了就記得對自己好。

Dear，

愛情裡沒有壞人，只有「不愛了」。

在愛情裡面，並沒有誰對不起誰，
也沒有人真的虧欠了誰，
只有，誰不愛了誰。

而你，在愛情裡面的所有不確定當中，
少數可以確定的只是，不能讓自己被浪費。
自己，絕對不可以對不起自己。

或許愛情裡面沒有壞人，
但你也不需要勉強自己去當個好人。

祝好。

Dear，

愛情或許殘酷，但卻不會說謊。
但你不能因為騙不過愛情，
所以就騙自己。

祝 好。

Dear，

有時候，我覺得人生是思考出來的。

你說，人生很無常；我說，人生很奇妙。
你說，愛情很易碎；我說，愛情很珍貴。
你說，人很難捉摸；我說，人很有趣。

你可以把生命當作是一種苦，
但我會試著把生命變成一種好。
然後，過得更好。

祝好。

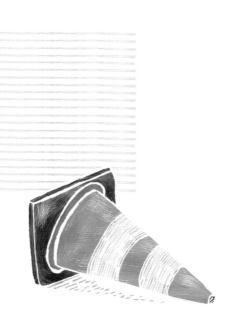

帶著自己上路去未知看看

我不要再為你的冷淡、你的敷衍，
尋找多餘的藉口。

終於，
我不再替自己找留下的理由了。

Dear，

「我們自以為是的愛與成全，
都不過是自討苦吃。」
——《女朋友・男朋友》

關於，自討苦吃，「苦」是什麼？

是不被了解？
還是不被接受？
又或者是，不被感激？

但是，在愛情裡面，誰又會想要感激呢？
愛裡，「謝謝」一點都不值錢，
通常伴隨著這句話的，都只有傷心。

而了解與接受，從來都不容易。

我想，最苦的是，
自己付出所有，卻什麼也無法擁有，
然後，明明自己還有那麼多愛，卻給不出去，
這樣，最苦。

祝 好。

Dear，

但願，
有一天我們不再以為聲嘶力竭才是愛得濃烈；
不再把惡意嘲笑當作是一種幽默表現。

祝好。

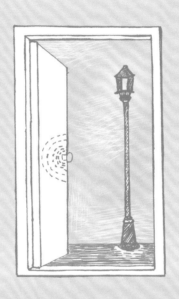

把遺憾變成故事留下

總是說著「來日方長」的我們，
終於被時間給拋下了。

來日還在，而你已經不在。

Dear，

「他如果在乎你，就不會捨得讓你受傷。」
你一定聽過這樣的一句話。

可是聽著這句話的人，
腦子裡想著最多的都是
「他怎麼會捨得讓我傷心」？
受了傷，但想到最多的還是他。

然後，也可能會誤以為，
因為他，所以自己才變得卑微、時常落淚。
但不是這樣的，
其實是你自己允許了，他讓你不快樂。

是你把快樂擺在他的身上，由他替你作主。
是你決定，你的快樂是因為他。
而這，便是你會受傷的起源。

他可以不在乎你，
但是，請你一定要在乎自己。

祝好。

Dear，

怎麼會不受傷呢？

愛的時候要用心，
但不是要你緊閉雙眼。

愛的時候只管愛，不睜開眼看；
別人的勸，一句：「你們不懂。」來帶過。

你可以覺得自己愛得沒有錯，
因為愛是你的，所以喜悲也會是你的。

千萬不要覺得自己沒錯，但又要求饒；
也不要認為自己是對的，卻又淚眼婆娑。

你只要記得這件事，就好。

祝 好。

「各自幸福」是最後的祝福

願你能如你所願，願我能永保簡單，
願我們能相安無事。

各自的海闊天空，
也是給你最後的祝福。

Dear，

晚安，該睡了。

一直追隨別人，是會累的；
想累了，就不要再想，試著停歇一下。

不要跟另外一個人要他的在乎，
不把你放在心上的，再努力都住不進去；
再用力，都是徒勞無功。

別人不要的好，就拿來對自己好；
不被心疼，更要自己心疼自己。

睡一覺，明天又是新的一天。

晚安，該睡了。
晚安、晚安。

祝 好。

Dear，

你不願自己是個無法堅持的人。

就像當初曾經放棄過自己的那些人一樣，
於是你要自己再多努力一下，
再試一次，或許夢想就會成真。

只是，常常你找不到繼續的理由。
但我想是「你還愛著他」，
這就是繼續下去的那個理由。

不是非要心力交瘁、遍體鱗傷才罷休，
而是要努力到無法再努力為止。

你可以決定愛他，
但在適當時候，也請決定放過自己。

祝 好。

Dear，

你說，你再不要當傻子了。

愛情會讓人失去理智，
所有的、曾有的、該有的原則規矩，
只要一陷入愛裡，都變成是一種心甘情願。

你會看著自己的失控，無法自拔，
然後，再看著自己毀壞崩塌，
所以，你不要了，你怕了。

我說，這樣並不傻。
因為若在愛的開始就先決定了愛的失敗，
就先否定自己愛的能力，
才是真的傻子。

祝好。

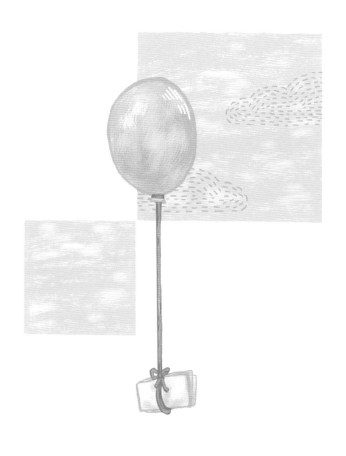

現在出發，就成了未來

原來害怕會滋養出力氣。

以為過不去的都能過去、
以為好不了的都能痊癒。
只要能往前走，
答案一定在某個地方等著。

Dear，

後來的你，不太習慣在愛情裡去等待一個人。
並不是因為自己沒耐性，
相反地，你比年輕時候包容度更大了。

而是，在大多數時候，
是找不到一個繼續的理由。
一個眼神、一個讚許，或是一個主動的聯繫，
只要一個如此簡單的理由，
你就有了再堅持的動力。

哪怕只有一點點回應，就足夠支撐。

但愛情自始至終都是兩個人的事，
一個人有心，再怎麼成都只能算是單戀。

但你也不能埋怨對方，又能埋怨什麼？
而你更知道的是，
時間不只教會你耐性，還教會你要對自己好。

它要你去愛人、去嘗試、去碰撞，
更重要的是，
它也要你在適當的時候放手，
還自己的愛，自由。
而這，就是對自己好。

祝 好。

Dear，

請不要讓別人的眼光決定自己活著的樣子。

人無法讓每個人都喜歡自己，
也無法去討好每一個人，
所以不要把最多的力氣拿去討好。

事情有輕重緩急，人也是，
你可以學著挑選什麼對自己重要，
而自己又該看重什麼。

你只要讓重視的人喜歡自己就好。

每個人經歷都不同，所以眼光就不一樣，
更因為這樣，所以每個人要走的方向就不同，
志同就同行，道不同也不要強求。

你的姿態、你的盡心，
都應該是要對得起未來的自己，
都是希望現在的這個自己可以喜歡未來的，
那個自己。

祝 好。

Dear，

如果你已經沒有回來的打算，
請不要對我感到愧疚。
你的道歉彌補不了我的傷心，
只有減輕你的自責。

我不要減輕你的自責，
我已經把自己最珍貴的東西都給了你，
再無法給你多些什麼。

我把愛給你了，
其餘的，都是我的。

祝 好。

你是自己的

夢做了太久了，於是終於醒不來了。

就像是你已經分不清楚，
是他先不愛你了？還是先離開了？

可唯一確定的是，
你始終都擁有你自己。

Dear，

很後來你才明白，
原來「你乖」，不是一句承諾。

你以為，自己安靜了、自己等待了，
總有一天就會得到獎賞。
像是小時候等待大人給糖一樣。

但後來才懂了，
原來你還是想要被寵、想要被愛，
心裡的小孩始終都沒有長大。

其實你很想問他，當他說了「你乖」，
那，然後呢？

你乖，只是一種親密，
但終究不是一種承諾。

如果承諾都不能保證什麼了，
你也請記得不拿「你乖」來當作依據。

祝 好。

Dear,

在很多時候，
一個人會因為別人的言語而生氣，
大多只有兩個原因：
一是、對方說了無中生有的謊言；
二是、對方恰巧說對了多數的真實。

因為被造謠或誤解雖然會生氣，
但裡頭會包含了更多的好笑成分，
你會認為，「因為是假的，所以不會有人相信」，
或是，「會相信的人肯定不夠聰明」。

但若是真的，則會暴怒，因為被戳到了痛處，
然後再用攻擊來回報，一種焦點轉移，
害怕別人也跟著發現了，
以為是解釋，但其實更像是惱羞成怒。

學習認同自己、接受自己是怎樣的人，
並且喜愛著這樣的自己、有缺點的自己，
是人生很重要的功課。

與其用盡力氣去否定自己是怎樣的人，
不如把力氣用來，
讓自己變成自己想要成為的人。

祝好。

Dear，

你說，他不想要放棄你們兩個，
他愛你，但也捨不得他，
不管是選擇哪一個他都心如刀割。

我說，他說的是對的，
他已經做了他的決定，只有你沒有。

或許，他決定了「不決定」，
但你並不一定要接受他的決定，
他的決定不一定要是你的。

愛情滋味終究是自己嘗，外人很難說對錯，
但可以確定的是，
他只顧著自己的心痛，而忘了你比他更痛。

如果，他只看顧自己的心情，
或許你也該照顧自己的。

祝 好。

一個人時，記得擁抱自己

沒有方向的飛翔，都是流浪；
心有所歸的遠行，都是回家。

常常我們在等的只是一個
天冷加衣、餓了有碗熱湯，
倦了能夠借自己肩膀的人。

願你的身邊有一個這樣的人存在。

Dear，

坦白，其實是一種安心的示意。

因為，要是能夠這樣，
就表示對方能讓你感到放心。
那個人對你來說是個安心的所在。

當你想要逃、想要躲，或是無處可去時，
你會知道有個人在這裡，就在這裡。
你不會是一個人。

因此，希望你可以有人可以傾訴。
坦白你的好，以及你的壞，
不用擔心質疑眼光，
不用再築起高牆，只為自我保護。

希望你能擁有一個可以大方坦白的對象，
如此一來，
你就可以有力氣去面對未來，面對自己。

祝 好。

Dear，

關於他的消失，你想過無數的可能。

「他遠行了。」
「他忙碌著。」
「他忘了。」
但往往到最後，
事實真相都是最不堪的那一個。

然後，有一日，
他回頭說：「我有我的苦衷，請你體諒。」
你這才想到：「那誰來體諒我的感受？」
那時候才感覺到自己的被糟蹋，
心痛了起來。

同時，你也知道沒有什麼原不原諒，
因為虧欠自己的，其實是自己。

是自己把自己給困住，
然後對方早已在外頭闖蕩了一番，
受了點傷，終於回頭。

但你不是他的醫師，不需要舔他的傷口，
你要先照顧好自己，你才應該是自己的優先。

祝好。

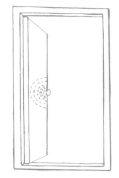

Dear，

或者你管不了自己的心，
那麼，就試著管好自己的手吧。

不該看、不該提醒的，
就不要去觸碰，
點一下滑鼠、按一個按鍵，
點開的都不是美好過往，
都是傷心。

治癒不了，就不要雪上加霜；
不想掉淚，就不要去翻攪回憶。

你若不放過自己，
沒人能拯救得了你。

祝 好。

愛是一場發現自己的旅程

你要學會在愛裡對自己誠實，
深愛的時候是；不愛的時候更是。

在想要對得起誰之前，
請記得要先對得起自己。

Dear，

其實，愚人節才是說實話的節日。

「我愛你」、「我喜歡你」、「我們在一起吧」……
你可以笑著對喜歡的人這樣說；
他也可以同樣笑著回你：「好啊，我們在一起。」
不怕尷尬、不用勉強、能夠認真地敷衍，
然後，當一天的假的真情人。

這天，是一年一次告白完美的機會，
我們終於可以不怕搞砸一段關係。

愚人節，我們用多少實話假裝謊話，
多麼愚昧又多麼可貴。

愚人節快樂，
不是用愚弄別人來得到快樂，
而是終於可以不用再愚弄自己、掩飾真心，
去做一件可以讓自己感到開心的事。

祝好。

Dear，

愛哪，
無論是何種方式、形式，
最終都是要讓人感到幸福與滿足，
或多或少。

若一段感情裡以上兩者都沒有了，
或許就該先回頭問問自己「想要怎樣的愛」，
而不是一味地急著投入。

祝 好。

Dear，

你不能怪一個愛過的人，害怕再去愛。

因為失戀沒有特效藥，那有多麼痛，
讓你一度幾乎以為自己再也無法痊癒。

你也不能怪一個愛過的人，還想要再愛。
因為愛有多麼動人，你看過那麼美的風景，
讓你至今依舊念念不忘。

或許只能怪，愛。

怪愛太美，什麼都無法替代；
怪愛太不可得，以致滿街都是破碎的心。

那麼，就怪愛吧。都是它的錯。
所以它一定會補償你，讓你再愛一回。

祝好。

Dear，

喜歡，是很奇妙的東西。

如果當你開始找一個人的優點來喜歡時，
其實，只是更加表示自己已經否定他了。

因為喜歡一個人常常說不出理由，
但不喜歡一個人卻可以有千百個原因。

不要勉強自己去喜歡誰，
但要努力讓自己一旦喜歡了，
就不要輕易去放棄。

祝 好。

Dear，

傳出一個訊息前，
你是否會想著「這樣的回覆是否能讓對方喜歡？」
說出一句話的時候，
你是否會思考著
「這樣的話會不會惹得對方不開心？」
然後再因為害怕被討厭，所以變得不敢拒絕。

到了最後，你什麼都說好了，
卻發現還是無法討好全部的人；
你什麼都答應了，卻也開始討厭自己。

或許，有些時候當你試著說「不」、
當你不再試著想要討全部人的喜歡時，
就會開始喜歡自己。

祝好。

終會有人看見自己盛開的姿態

於是我不再說話了。
不是無話可說，
而是知道說得再多也進不了你的心裡。

所以我自己收著，
等待願意收留它們的人。

Dear，

關於他現在的滿目瘡痍，
你除了微乎其微的不捨，
其實包含著更多的訕笑。

「當初他若是留在自己身邊，就不用受這些苦了。」
對於他那時的背棄，仍舊耿耿於懷。

一直到更後來你才明白，
原來無論如何，他都是會受苦的：
留下，受得不到的苦；
離去，則受失去的苦。

因為，愛情終究是兩個人一起投入的事。

失去不一定比較痛苦，
而留在自己不愛的人身邊也不會比較幸福。

更重要的是，
他的痛苦，早已不是你的事。

照顧好自己，才是你最重要的事。

祝 好。

Dear，

常常不找你，
不是因為不想，而是不敢。

怕增添你在忙、怕增添你的困擾，
更怕如此一來，更加確定了你的冷淡。

因為不敢找你，所以才始終站在原地，
這樣你若要找我就不會看不見我。

你每次的「已讀不回」，
都像是一記拳頭重重撞擊我的心臟；
你漠然的「找我有什麼事嗎？」
都讓我的心涼了一半。

祝 自己好。

噓，你是我的祕密

打打鬧鬧是我的庇護所，
我躲在不正經的背後偷偷對你認真。

Dear，

當「不知道該怎麼做」時，
就做對的事吧。

許多時候，
當我們說著「不知道該怎麼做」時，
其實並不是沒有選擇權，
而是不想接受現有的選擇，
所以才說不知道。

更因為，
對自己好的事常常都不是甜美，
就像是含著苦味的藥劑，
或許無法立即看到好處，
但時間拉長點就會產生效用。

不要因為良藥苦口，就迴避。

選擇做對的事，
而不單是做自己想做的事，
也不用去管別人能不能理解，
只要自己懂就好。

選擇對的事做，才會抵達想要去的地方，
有時候或許會有點孤單，
但至少不會輕易被打倒。

祝好。

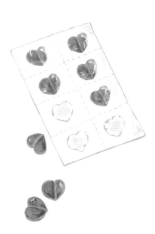

Dear，

若只看到痛，
那麼生命裡也只會剩下苦；
若只執著錯誤，
那永遠都只會在負面裡循環著。

人生本來就會遭遇許多的困難，
誰都一樣，沒有人有免死金牌。

可是若你能從裡頭找出好的部分，
感受就會因此跟著改變。

人的一生總有酸甜苦辣，
但有一些事你必須自己走過、
有些痛你必須自己熬過，
你得自己去體會，別人無法替代你。

過了、懂了，就會學到了，
以後的日子就會好一點了。

祝好。

Dear，

有些話不說，其實你都有感覺。

不說破，只是因為你知道說了對事情沒幫助；
不說破，只是因為不想造成別人的困擾。
很多時候，不說破是一種對人的理解與溫柔。

人生有許多的不得不，
即使這些不得不大多包含了某部分自己的決定，
可是啊，
人生並不是這麼簡單，可以不要就不要。

但只有你知道自己在為什麼而堅強。

不說破，但你都知道，
不要把別人當傻子，
每個人都是為自己在努力著。

祝 好。

喜歡一個人是甜蜜的糖

我喜歡你，
跟「你喜不喜歡我」或是「喜歡我多少」無關。
僅僅是因為喜歡而已。

「喜歡你」是我自己的事。

Dear，

所謂的「愛情的真切」，
並不是指兩個人在一起多久，
不是用時間的長短決定。

而是在某段日子或是某個時刻，
兩個人同樣賦予了最珍貴的心意。
你們真心無二，就最是難得。

只是那麼努力、那麼真誠，
也不一定可以確保每一個以後，
但這並不代表以前都是假的。

人會長大，而愛情也會隨著時間前進。
不要把別人的期待擺在優先，
不用試著滿足所有人的想像，
你最先要的是對自己負責。

喜歡自己、善待自己，
然後在必要的時候為自己堅強。
想過什麼樣的生活、想要什麼樣的快樂，
別人不能替你做決定，你要自己定義。

把自己的想望擺在第一位，
因為你的人生是自己的，
最終也只有你要獨自去面對。

勇敢地、負責任地做自己，
有一天，你會感謝這樣的自己。

祝好。

Dear，

你要自己去祝福他。

這並不是希望自己是個大氣的人，
因為你早已學會不去管外面的流言蜚語，
只因為你知道，恨一個人有多痛苦。

你嘗過那種滋味，
痛不欲生、行屍走肉，
像有人硬生生把靈魂從自己身體抽出一樣，
而對方，依舊逍遙自在。

在那時你就領悟到了，
恨，也是一種為他人活的方式。
所以，你不要了，你想為自己活。

以前，你把全部的自己都給了他，
現在你則想把自己拿回來，
所以，要去祝福。

你把那些來不及給他的，變成祝福，
最後一次都給他。

從此以後，你是你、他是他，
這也是你給自己的祝福。

祝 好。

嘿，別擔心，
這個世界上一定會有個人很喜歡自己，
像得到寶物那樣珍惜。

一定會有這樣的人出現，
我始終這樣相信，希望你也是。

Chapter 3 • • •

從此刻開始的
未來

謝謝你，也剛好喜歡我

從一個喜歡變成複數的喜歡，最後再成為相愛，每對情侶都是這樣在一起的。喜歡或許不是愛，但愛裡一定包含著喜歡。

就像是沿著長長的蜿蜒海岸漫步，沿路的微風與綠草，你早已經習慣一個人生活，自己跟自己說話、散步，說不上真的悲傷，日子過得安適而寧靜。或許就是因為看過太多的分合，所以你很早就明白了愛的難得與不可得，於是學會不強求、不為難。你盼望但並不急迫，不想因為急就章而忽略自己，你想先把自己照顧好，而不是等著別人來照顧。很長一段時間你都是如此一個人生活，偶有朋友作伴，就是沒有愛情打擾，但也沒有覺得這樣的日子不好。

可是，你也不再確定愛情該是什麼樣子，縱使你的腦海裡描繪過許多輪廓，但因為缺乏練習，所以不深

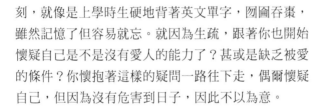

那時候你才真正明白，
原來所謂的愛一個人，
是在他身旁，
你覺得自己無所畏懼；
在他身上，
你覺得自己有無限的可能。

刻，就像是上學時生硬地背著英文單字，囫圇吞棗，雖然記憶了但容易就忘。就因為生疏，跟著你也開始懷疑自己是不是沒有愛人的能力了？甚或是缺乏被愛的條件？你懷抱著這樣的疑問一路往下走，偶爾懷疑自己，但因為沒有危害到日子，因此不以為意。

很後來你才發現，這原來是一種自己與愛情相處的方式。你仍舊相信愛，但並不仰賴它的給予，你自給自足，遠遠地，也是一種和諧的距離。

然後，直到某天，有個他出現了。沒有驚慌失措、兵荒馬亂，你們先是相視而笑，然後談笑風生，最後一起同行。當時的你並沒有察覺，只是當你發現時，你們已經並肩走了一段路程。是愛情找到你了，你才明白了這件事。轟轟烈烈、天雷地火都沒有發生，但也就因為這樣，你才更能肯定愛情的真實存在。因為你

確確實實感受到了愛，所以明白了愛會有不同的樣貌與形式，只消一個瞬間，愛便治療好了你的偏執，為此你懷抱著感激。

你沒想過，有天會有人如此出現與自己同行，或者是說，你不敢奢望，一種懷抱著希望的怯懦。你當然知道自己值得被愛，但並不敢肯定自己能夠被愛，「值得」與「會不會實現」是兩件事，很早你就發現了。你猜，這也是為什麼自己對愛如此看淡的原因，即便這可能包含了某種程度的消極，其實你都知道。但這是你們的相安無事，你並不急著改變。

所以在遇見他之前，你也從來沒想過會有一個人這樣愛你。他讓你做自己、他讓你喜歡自己，他還讓你用自己喜歡的方式去愛他。你受寵若驚，從前你對自己的懷疑與不安，都煙消雲散，原來愛一個人可以不用

覺得委屈，也不用非要偽裝，所有關於愛的美好定義
都能實現。

那時候你才真正明白，原來所謂的愛一個人，是在他
身旁，你覺得自己無所畏懼；在他身上，你覺得自己
有無限的可能。是他讓你能這樣覺得。

謝謝你也剛好喜歡我，讓我知道自己值得愛；謝謝你
也剛好喜歡我，讓我明白愛一個人與被愛是什麼樣
子；謝謝你也剛好喜歡我，讓我走到從未到過的境
地、從未見過的風景。今後不管走到哪裡、遭遇什麼
挫折，是你讓我能一直懷抱著美好的想望，謝謝你喜
歡這樣的我。

謝謝你，也剛好喜歡我。

Dear，

你問：「是不是愛情有保存期限？」
我說：「要是愛有期限，誰都無法倖免。」

我不知道愛情的賞味期是多久？
三個月？一年？五年？還是十年？

但我知道，
愛情過期的日子，
是從不再珍惜彼此的那一刻算起。

你無法保證愛情可以保存多久，
但至少可以努力不是自己讓愛過期。

祝 好。

Dear，

你的委屈，如果他不認同，
終究只會是你一個人的委屈。

愛情也是。
不要談一個人的戀愛。

愛情會有苦也會有甜，
但一個人的愛情，卻只會有苦。

愛情的珍貴，來自於對方的珍視，
你有多好，也只有珍惜的人才看得見，
你的好，不應該隨意被浪費。

不要讓別人糟蹋自己的愛，
你不是給不起，只是不要的人配不起。

祝 好。

Dear，

他配不上你。

但說來好笑，配不配、適不適合，
又哪是誰能說了算。

再者，愛情從來都跟配不配無關，
跟喜不喜歡比較有關。

說到底，其實只是怕你受傷而已。
但是，愛情是好的，
沒有誰能阻止你去感受它的美好，
也不能因為怕你受傷，就大聲喝止。

生命難以預期，愛情也是。
即便有誰覺得他配不上你，
但是，沒關係，他們怎麼想不重要，
你能開心，比較重要。

祝 好。

只有出發了才能知道會遇見什麼

愛一個人可能會招惹傷心，
但反之亦同，
遇見一個誰也會讓傷口癒合。

試著再去相信誰，
試著再去愛吧。

Dear，

說道理很簡單，要做卻很難，
就像是愛一個人，要愛很容易，要忘卻很難。
任何事都是這樣，你只能盡力，而不能勉強。

也就像是他跟你，
從來都不是該不該原諒的問題，
而是，有沒有辦法，原諒。

還忘不掉的時候，不要非要跟對方維持友好；
還惦記著的時候，不要逞強說已經遺忘；
心裡頭還有傷的時候，也不要勉強自己去原諒。

先對自己好，而不對對方好。
自己要先好了，才能有餘力顧及對方好不好。

祝 好。

Dear，

不要去計較自己曾經不是他的優先。

跟過去計較，賭注都是你們的未來。
幸福很脆弱，過去不值得你冒這個險。

也不只是因為那已經是過去式，
更因為，你現在是他的唯一。

祝 好。

Dear，

你決定不再強迫他用你喜歡的方式去愛你，
你學著讓他用他擅長的步調去對待。

因為在談過幾次失敗的戀愛之後，
連你自己都懷疑什麼樣的戀愛才是對的。

但你可以確定的是，
每段愛情都有自己的樣子，
每個人也都有自己愛人的方式。

而在看過許多花俏的招式之後，
你更明白只有「有心」這件事騙不了人，
金錢買不了、容貌也掩飾不掉。

因為，
「心」有兩隻腳，走得很快，
但「有心」才會留下來。

祝好。

那些經過，讓我成為了今天的自己

誰的青春不是帶點傷，
可是這些疤痕
都會成為日後讓我們緬懷的印記。

Dear，

不要浪費你的愛。

比起被愛，
可以去愛一個人，其實更珍貴。
因為去愛，不只需要付出，更需要的是勇氣。
所以，去愛常常會讓人膽怯。

又或者是，
給出去的愛，沒有回報，
會讓人灰心，覺得白費。
但是，沒有一種愛是白費，
我始終這樣相信，
套句村上春樹的話：「最好你也是。」

而最終是，如果還有愛，卻不去愛，
才是浪費。

祝 好。

Dear，

不要試圖去掌控愛情，
因為愛情會有自己的方向。

但這並不是要你恣意任性，
而是你要很努力，
然後，知道自己的界線在哪。

更因為，
或許你無法知道愛情何時會降臨，
也或許你無法要求別人來愛你，
但是、但是，
至少你可以做到自己喜歡自己

祝 好。

Dear，

許多時候，當一件事失敗之後，
我們會覺得自己做了白工、浪費了。
但這世界上的事，
並不是都可以用成功或失敗來計算。

就像是，那些經歷過的失敗或失望，
都是為了幫助你能夠修正自己，
是為了成就你之後的成功而存在的東西。

失敗並不是通往夢想的絆腳石，
而是一步一步墊高，
讓你得以碰觸到它們的基石。

真正的白工是：
你努力成為了別人喜歡的自己，
但自己卻不喜歡自己。

做自己喜歡的、認同的事，
即使最後失敗了，但都是一種自我的實踐。
一種肯定自己的過程。

試著不要去害怕失敗，而是去相信失敗。
相信失敗都可以讓你有所獲得，
相信發生的一切都有其意義。

祝 好。

Dear，

因為捨不得他，所以你委屈自己；
因為捨不得他，所以你放棄自己；
因為捨不得他，所以你不看自己。

但愛裡的捨不得，
卻常常只有「捨」沒有「得」。

捨得、捨得，要捨才會得，
捨不得，得到的都只有不得。

今天開始，
你要，捨得對方，
然後，捨不得自己。

祝 好。

謝謝所有遇見

幾個人讓你哭、幾個人讓你笑，
當過不去的都過了，

很慶幸，
你終於能夠長成了自己喜歡的樣子了。

Dear，

愛裡天氣詭譎，
時晴時雨，有時狂風大作，
你一言、他一語，都讓心不平靜。
天冷加衣、下雨撐傘，出太陽注意曬傷。

但，在無所依據時，你選擇相信自己。

就如同你一直給自己力量一樣，
你會靠自己撐過愛的風暴，
你選擇自己當自己的依靠。

你的愛不需要跟誰交代，
你，選擇相信自己，然後，去愛。

祝好。

Dear，

其實，
去問一個人「你為什麼會喜歡我？」
一點意義都沒有，
因為，即使知道了，也無法改變任何事。

因為，
早在問這句話之前，就已經「喜歡」了。
在你問自己「為什麼會喜歡他？」時，
早就已經，喜歡上了。

祝 好。

Dear，

不要試著在愛裡面找解答，
愛情沒有標準，答案只在自己心中。

也不要試著去比較愛情，
人沒有絕對的好壞，
斤斤計較愛情，輸掉的都是心。

因為愛情不是一種競賽，
不是要比誰付出得比較多，
而是要一起過得更好。

祝 好。

練習愛的平衡感

太在乎一個人的結果
就是會不在乎自己。

可以很愛一個人，
但不可以超出愛自己太多。

Dear，

愛情裡沒有輸贏，
只有愛與不愛；
愛情也沒有多跟少，
只有失去與擁有。

祝 好。

Dear，

交往的定義是：
愛一個人的時候，你願意去調整自己，
只希望兩個人可以在一起更久一點。

但同時你也知道，
這並不是一種「放棄自我」，
而是一種讓愛情更好的方式。

談戀愛，
要去找一個自願改變自己的人，
而不是去勉強一個人改變自己。

祝 好。

Dear，

不要因為別人說你做不到，
就覺得自己做不到；
也不要因為別人做不到，
就同樣認為自己也無法做到。

要往什麼方向、想看見什麼樣的風景，
只有你自己可以決定，
去定義出屬於自己的人生的模樣，
去拚命讓它變成自己想要的樣子，
然後順其自然。

不要勉強所有人都能認同自己，
也不需要大家都喜歡自己，
但至少可以知道自己在做什麼，
在為什麼而努力著，這樣就很好。

祝 好。

去成為自己喜歡的樣子吧

世界很複雜、時光匆匆，單純很難，
但我知道我會為自己用盡所有的氣力，
把自己活得簡單。

不是為了對抗世界，
而是為了不讓世界改變。

Dear，

愛情，沒有什麼是可以確定的。

今天的真心，明天也可能會汰換。
就跟承諾一樣，今天的諾言到了明天，
其實就已經變成了過去。

愛情沒有季節性，時時都可以打折拍賣。

或許，你無法保證明天的愛情，
但卻可以搞清楚自己的心，
而不是急著把自己交出去。

若你對愛還有疑慮，
應該先搞清楚它，而不是先決定在一起。

不要害怕錯過，
因為，你的愛沒有如此廉價，
因為，若會過的也都是錯的，
你要的愛，不該如此廉價。

祝 好。

Dear，

兩個人一開始會在一起，
或許是受到外表與個性的吸引，
但真的能夠相處下去，
靠的則是舒適。

你們待在彼此身邊感覺舒不舒服，
會不會總是你追我跑？
再喜歡一個人，
但相處得太累，終究還是會被磨掉。

說喜歡很容易，但真正難的是包容。

兩個人一定會有所不同，
老想著是自己退一步只會覺得委屈，
愛情不是討價還價，
而是要打從心裡去接受對方是怎樣的一個人。
好好相處，才能夠一直相處下去。

祝好。

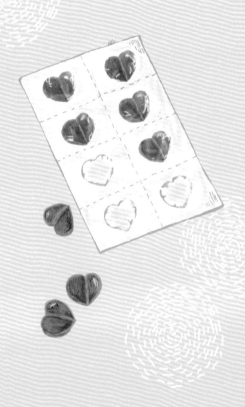

愛你是一種癮

原來，
自己只是習慣性地，想要對他好。
這竟是一種上癮，而你不想戒。

Dear，

愛，不是永遠都意見一致，
而是即使想法不同，但仍能繼續在一起。

無論是再相愛、再親近的人，
總歸都還是不同的兩個人。

所以自然會有所差異，
而差異就會帶來歧見，
最後甚至是爭吵。
吵架當然不會是關係中的首選，
但一旦吵了，就要學會收拾。

無論是另一半或是朋友家人，
跟自己最親愛的人吵架，
目的都不是要爭輸贏，
不要把吵架當成是一種比賽，
而應該是一種去理解的過程。

我們要學會即使吵了架，
但還能再和好，最後繼續相愛。

祝好。

Dear，

謝謝你，總是讓我安心做自己。

我犯錯時，你會說「有學到什麼就好」；
我跌倒時，你會說「站起來就好」；
我得意時，你會拉住我不讓我迷失；
我委靡時，你會說「休息一下是好事」。

而當我把最多時間花在等待時，
你會拍拍我的肩膀說「是該啟程了」。

不期待我完美、不想要我變得跟誰一樣，
接受我真實的樣子，擁有自己的步調。

你化解所有不愉快，
在你身旁總是無比自在。
讓我能做自己，是最珍貴的禮物。

謝謝你，
讓我能一直，做著自己。

祝 好。

Dear，

常常，願意再相信一個人，
不是因為自己笨、
也不是因為自己別無選擇，
而是你覺得彼此仍有好的可能。

你相信一起經歷過的事情，那都是收穫。

所以請不要把相信自己的人當成傻子，
沒有人可以無止境地付出，
真心不該是被拿來揮霍用，
時間到了就會收手了。

祝好。

最珍貴的事

有些人你們不常見面、不常聯繫，
但每每遇到開心或傷心的事，
你總是想第一個告訴他。

那是一起經歷過而累積出來的情感，
不會隨時間更迭消失。

最珍貴的莫過於自己付出真心，
而對方願意珍惜。

Dear,

兩個人最好的關係，
並不是有說不完的話、聊不完的天。

而是，即使沒有話可以講，
也不會覺得尷尬；
即使沒有新鮮的事物，
仍舊不會覺得無聊。

因為你們知道你們聚在一起，
不是為了要去完成什麼事、或是去什麼地方，
單單只是彼此互相陪伴的感覺。

他犯錯的時候，你會罵他，
之後站在他那邊；
你哭的時候，他不會叫你不要哭，
只是拍拍你的肩膀待在你身邊；
他跌倒的時候，你不會在背後訕笑，
而是伸出手拉他一把；

你歡欣的時候，
他會由衷替你感到開心，
而不帶嫉妒。

你們喜歡待在對方身邊，
並不是因為覺得彼此有多完美，
而是知道無論自己再如何不完美，
但對方仍會把自己擺在心裡面。

祝 好。

Dear，

年輕的你，
談戀愛找的對象是自己的夢中情人。

他是你愛情的原型，
你可以改變自己只為了配合他。

現在的你，
談戀愛要的對象是讓你可以做自己。

他不是你的最理想，你也不是他的完美，
但你們卻願意接受彼此的小缺陷。

後來你要的愛情，
不需要完美無瑕，只需要包容與認同。

祝 好。

無論如何，記得喜歡自己

常常決定離開一個人了，
不是因為不再喜歡他了，
而是確定了不管自己再如何拼命，
他都不會喜歡自己。

愛是求不來的。

他不會喜歡自己。
可是你可以擁抱自己。

Dear，

更好的人。

永遠都會有更好的人出現。
但愛情也是這樣，
我認為你很好，你也覺得我好，
這就是一種認定。

因此，當你開始思索我的不好時，
我也會開始覺得，
或許，會有更好的人出現。

沒有了「認定」，
愛情就再不存在。

祝 好。

謝謝你始終陪在身邊

過去的青春、打翻的咖啡，以及離去的人，
都是無法重來的事情。

不要把生活用在緬懷，
走得遠一點，才會肯定誰還在自己身邊。

Dear，

相愛最美的時刻。

在有些時候，
你一言、我一語，
說著對方並不是真的明瞭的事物，
然後他會輕聲應允、點點頭，
但他並無法提供什麼有用的建議，
可是奇妙的是，光是這樣的對話，
你就覺得被療癒。

你猜，
其實你也並不是真的要他幫你什麼，
大多數的難題都只能靠自己去找解答，
你懂這件事，
所以你需要的，僅僅只是他在身旁。

光是這樣，就足以讓你感到安心。
他讓你知道自己覺得為難的時候，他會在。

你知道他不會懂你的所有，
就像他也明白你無法完全了解他一樣，
但至少你們可以確定的是，
不管是誰遇到困難，誰不會輕易就逃開。
愛情，這樣就很值得。

祝 好。

Dear，

你，給了我最珍貴的東西是，未來。

你讓我期待明天、再一個明天，
你，讓我期待自己。

其實你不是真的給了我什麼，
而是覺得自己可以擁有什麼。
你讓我覺得未來會有什麼在等我。
這，比什麼都還要珍貴。

你把未來變成了一個美夢，
而這，無比珍貴。

祝我們都好。

相信自己值得被好好對待

嘿，別擔心，
這個世界上一定會有個人很喜歡自己，
像得到寶物那樣珍惜。

一定會有這樣的人出現，
我始終這樣相信，希望你也是。

Dear，

「因為想要被溫柔對待，
所以從今以後自己也要溫柔地去待人。」
在某本書上看到了這樣的一句話。

有時候會聽到：
「一直當好人只會被欺負，所以對人不要太好。」
類似這樣的話語，可是這是本末倒置。
不能因為別人是壞的，自己就要跟著變壞。

做一個善良的人，或許過程會多吃點苦，
但我卻也相信最後可以最快獲得幸福。
所謂的「幸福」並不是得到很多財富，
而是心比較容易感到安適。

在任何環境都可以自處的人，才會開心。
有錢的人不一定快樂，
搶來的也不一定最好。

選擇當個善良的人，
終會吸引到善良的人住下。

學著保護自己，但不要丟掉你的善良，
有一天它會帶你到想去的地方。

祝 好。

國家圖書館出版品預行編目資料

謝謝你，也剛好喜歡我：全世界我只要你的喜歡 /
肆一作. -- 初版. -- 臺北市：三采文化, 2019.11
　　面；　公分

ISBN 978-957-658-264-6(平裝)

863.55　　　　　　　　　　108017994

Mind Map 194

謝謝你，也剛好喜歡我

全世界我只要你的喜歡

作者｜肆一
副總編輯｜王曉雯　　執行編輯｜徐敬雅
美術主編｜藍秀婷　　美術設計｜藍秀婷
行銷經理｜張育珊　　行銷企劃｜呂佳玲

發行人｜張輝明　　總編輯｜曾雅青　　發行所｜三采文化股份有限公司
地址｜台北市內湖區瑞光路 513 巷 33 號 8 樓
傳訊｜TEL:8797-1234　FAX:8797-1688　　網址｜www.suncolor.com.tw
郵政劃撥｜帳號：14319060　戶名：三采文化股份有限公司
初版發行｜2019 年 11 月 29 日　定價｜NT$350
　6刷｜2020 年 11 月 30 日